글을 쓰기로 마음먹었다면
상대의 영혼을 통째로 뒤흔들어야 한다.

ⓒ 이승규, 2016

초판 1쇄 발행 2016년 9월 5일
   3쇄 발행 2020년 5월 20일

지은이   이승규
펴낸이   이기봉
편집   좋은땅 편집팀
펴낸곳   도서출판 좋은땅
주소   서울 마포구 성지길 25 보광빌딩 2층
전화   02)374-8616~7
팩스   02)374-8614
이메일   gworldbook@naver.com
홈페이지 www.g-world.co.kr

ISBN   979-11-5982-335-0 (03810)

이 도서의 국립중앙도서관 출판예정도서목록(CIP)은 서지정보유통지원시스템 홈페이지(http://seoji.nl.go.kr)와 국가
자료공동목록시스템(http://www.nl.go.kr/kolisnet)에서 이용하실 수 있습니다. (CIP제어번호: CIP2016020316)

바보시인

이승규 첫 시집

좋은땅

바보시인

이 시를 읽는 그대여
오늘 하루는 그 어떤 날보다
특별한 날이 될 거예요!

제가 당신을
응원할 거거든요!

세상 무엇보다
소중한
당신에게

_____ 님께

_____ 드림

나의 시 나의 이야기

현실과 이상의 모순 속에서도
꿈을 고집했던 선택들

지극히 평범한 인간의
평범하지 않은 도전들

길을 잃어 좌절하고
수 없이 무너졌던 순간들

그 안에서 깨달은 삶의 소중한 가치들

보편적이지만 진부하지 않은
소중한 나의 기록들

이 밖에도 모든 순간에서 얻은
영감들을 고이 담아

가장 특별한 당신에게 드립니다.

1부 진부하게 봤지만 참 시인선한 것들

2부 꿈을 이루는 비밀

3부 진다는 것에 관하여

4부 바보시인

1부

진부하게 봤지만
참 시인선한 것들

한 번의 용기

당신은 수많은 사람에게 생명을 선물한
의사 슈바이처가 될 수 없습니다.

당신은 수많은 사람에게 사랑을 선물한
수녀 마더 테레사가 될 수 없습니다.

당신은 수많은 사람에게 꿈을 선물한
이태석 신부가 될 수 없습니다.

하지만 당신은

단 한 번의 용기로

당신의 도움을 필요로 하는 백 명의 사람에게
새로운 삶을 선물할 수 있습니다.

그 백 명의 사람은 후에
의사가 되고 수녀가 되고 신부가 됩니다.
생명의 선순환을 이어가는 약속
백 명의 영웅을 살리는
진짜 명의는 바로 당신입니다.

국밥

오랜만에 고향에 와서
친구와 먹었던 국밥 집을 찾아갔다.
국밥 집은 변함없이 그대로였다.

친구가 하나 둘 떠나간
그 자리에
나 홀로 남아 국밥을 먹었다.

국밥이 참 맛있었다.
아니 사실은
추억이 참 맛있었다.
그래 추억!

추억은 언제나
그 자리에 있었던 것이다.

그 언덕

모두가 언덕을 오르기도 전에
그 언덕은 멀고 높아서
걸어 오르기엔 너무
지치고 힘들 것이라 얘기했다.

그 언덕에 오르기 위해선
버스를 이용해야
시간을 줄일 수 있을 것이라 얘기했다.

그 언덕을 오르기 위해선
택시를 이용해야
편하게 갈 수 있을 것이라 얘기했다.

모두가 머리로 가능성을 판단할 때
난 내 마음을 믿고
두 발로 걸어 오르기로 했고
그 언덕에서 내려올 때
나의 세상은 달라져 있었다.

그녀

밝게 웃고 있어서 몰랐네
웃음 뒤에 당신의 아픔을
아름다운 상처가
당신의 아름다운 웃음을
꽃피웠음을
밝게 웃고 있어서 몰랐네

그렇게 살기로

돈은 적게 벌어도
의미 있는 일을 하는 사람이 되기로

틀에 나를 맞추는 사람이 되기보단
그냥 나 자신이 되기로

능력 있고 아름다운 여자를
찾기보단 지혜로운 여자를 찾기로

명예를 좇지 않아도
사람의 마음에서 행복을 찾기로

공부는 못해도
마음이 원하는 공부는 게을리 하지 않기로

똑똑한 사람은 아니라도
마음이 따뜻한 사람이 되기로

성공이 아닌 실패에서도
똑같은 가치를 찾는 사람이 되기로

바라던 것을 이루지 못해도
삶을 선물 받은 것에 감사하는 사람이 되기로

꿈을 꾸며 노력하는 순간들 안에서
진정한 행복을 발견하는 사람이 되기를

그렇게 살기로 다짐한다.

꽃

삶은 허무함이다.
삶은 외로움이다.
삶은 고통의 연속이다.

그래도 최선을 다해 꽃피우려 한다.

허무함 속에 순간이 피고
외로움 속에 사람이 피고
고통 속에 사랑이 피기 때문이다.

꿈

꿈에 있어서 세 가지를 명심한다.

남이 이룬 꿈을 존중하고
내가 이룬 꿈에 감사하며
꿈을 이루지 못한
이들의 마음을 헤아릴 것

끝까지

끝까지 살아봐야 한다.
내게 고통을 준 존재들의 잘못을
깨닫게 하기 위해서라도

끝까지 살아봐야 한다.
내가 고통을 준 존재들에 대한 잘못을
뉘우치기 위해서라도

끝까지 살아봐야 한다.
이 세상에 죽음을 뛰어넘는 가치가
존재함을 증명하기 위해서라도

산다는 것

나는 열심히 산다.

돈을 많이 벌기 위해
명예를 얻기 위해
성공한 삶을 살기 위해

그래서 더 열심히 산다.

성실하기 위해
정직하기 위해
아름다운 삶을 살기 위해

누군가

내가 인간적 관념에 얽매여
고통의 늪에서 헤매고 있을 때
누군가 내 심장을
계속해서 두드리고 있었다.
나는 그 소리를
머리 아닌 마음으로
들어보기로 했고
그 순간부터
내 삶은 완전히 달라졌다.

단풍

한 친구가 말했다.
단풍이 빨갛게 물드는 것은
나무가 암에 걸려 생을 마감하는 거라고

다른 친구가 말했다.
단풍이 빨갛게 물들어 떨어지기 때문에
새로운 잎이 자랄 수 있는 거라고

나는 생각했다.
인간의 죽음은 단풍잎처럼
또 다른 생명과 창조의 약속이라고

메어있지 마라

메어있지 마라
당신 안의 작은 세계에 메어있을 때
고통 역시 당신 곁에 머물러 있다.

메어있지 마라
당신이 쫓는 작은 가치에 메어있을 때
고통 역시 당신 곁에 머물러 있다.

메어있지 마라
모든 것은 바람처럼 지나가고
계절처럼 순환하며
우주처럼 광활하고 생명처럼 신비롭다.

메어있지 마라
당신의 작은 마음보다
더 큰 마음을 만날 때

당신의 생각보다

더 큰 가치가 세상에 있음을 만날 때

당신은 깨어나고 머지않아

바람이 되고 자연이 되며
우주가 되고 생명이 된다.

　　　　　　그러니까 메어있지 마라
　　　　당신은 존재하는 모든 것의 증거이다.

미룸

우리는 미뤄야 한다.
삶에는 미뤄야 할 것이 참 많다.
미움, 걱정, 두려움, 후회, 화
모두 미루자 다음으로 미루자

그리고 가져와야 한다.

사랑, 긍정, 즐거움, 감사, 이해
우리는 미루지 않아야 한다.
삶에는 미루지 말아야
할 것이 참 많다.

바라본다

고집이 아집으로 변하는 세상이 되지 않기를
소신이 독선으로 변하는 세상이 되지 않기를

지식이 가식으로 변하는 세상이 되지 않기를
위안이 위선으로 변하는 세상이 되지 않기를

희망이 절망으로 변하는 세상이 되지 않기를
꿈에 대한 진심이 현실에 변심하지 않기를

나 역시 그렇게 변하지 않기를
간절히 바라본다.

밤

산을 올라가는데
한 아저씨가 밤을 줍고 있었다.
학생! 밤을 주울 봉지 없는가?
나는 고개를 저었다.
봉지가 없으니
밤을 좀 나눠 줘야겠구먼
감사 인사를 하자
아저씨는 고개를 저으며 말했다.
"내가 주었나? 산에서 난 거지!"

부모와 아이

따돌림을 당하는 아이
직장에서 하루하루를 버티는 부모

자신 안의
작은 세계에 갇혀 힘들어 하는 아이

자신보다
큰 세계와 부딪혀 힘들어 하는 부모

삶에 무게에 짓눌리는 아이
삶의 무게를 견뎌야 하는 부모

이들이 단 하루만
서로 바뀌어 생활을 한다면

서로를 더 멀리 할까?
서로를 더 가까이 할까?

이들이 단 한 번만
서로의 차이를 이해한다면

서로를 더 미워하게 될까?
말없이 서로를 안아주게 될까?

나의 소신

생명을 위해 글을 쓰고
사랑을 위해 시를 쓴다.

아이에게

삶이 불공평하다는 것을
받아들이고 이해할 줄 알 때
너는 비로소 어른이 된단다.

불공평한 현실에 타협하지 않고
그것을 뛰어넘기 위해 노력할 때
그 과정에서 너 자신을 잃지 않을 때

너는 비로소

한 명의 성숙한 인간이 되는 것이란다.

어차피 순간

모든 것은 순간이다.

나에게 행복을 주는 음악도
나에게 행복을 주는 책도
나에게 행복을 주는 사람도

영원히 나를 행복하게 해줄 수 없고
영원히 나와 함께할 수 없다.

모든 것은 순간이다.
그래도 순간을 놓지 않으려 하는 이유는

내가 만든 음악이
내가 쓰는 책이
내가 만나는 사람이

모두 순간으로 흘러갈지라도

그 순간이
누군가의 인생 전부를
결정지을 수도 있기 때문이다.

역발상

걸으며 나아갈 수 있다면
길은 반대로 걸어도 길이다.
그렇기에 열정은 곧 정열이다.

반대로 걸어도 가는 것은 같다.
틀리지 않고 다른 것이다.
하지만 다르지 않다 곧 같은 것이다.

역할

벚꽃은 도시에 피어 사람들에게 행복을 주고

산에는 진달래 피어 자연을 이롭게 하고

나는 당신 마음에 피어

지지 않는 사랑이고 싶네.

의미

중요한 건 어떤 삶을 사느냐이다.
하지만 더 중요한 건
어떤 삶이 주어져도

그 안에서 주어진 어떤 삶보다
더 큰 어떠한 의미를
찾아낼 수 있느냐이다.

무엇을 이루느냐의 문제는 중요하다.
하지만 더 중요한 건
한 사람에게라도
어떠한 의미가 되는 것이다.

익숙함

어릴 땐 새로움이
사랑인 줄 알았는데
커 보니 익숙함을
새롭게 바라보는 것이
더 큰 사랑이었네

입

누군가를 진정으로 사랑하게 되면
그것은 마음 깊숙한 곳에서 일어나
여간해선 입 밖으로 나오지 않는다.

무언가를 진정으로 꿈꾸게 되면
그것은 마음 깊숙한 곳에서 일어나
여간해선 입 밖으로 나오지 않는다.

당신이 행복한 삶을 살기를 원한다면
입 밖에 들리는 무수한 얘기들보단
입 안, 마음 깊숙한 곳에서 일어나는
소리에 더 귀 기울여야 한다.

젓가락

인생은 젓가락이다.
음식을 먹을 때
챙겨주는 젓가락이 되는 것이다.
젓가락이 없을 때
우리는 허전하고 불편하다.

인생은 배려하는 것이다.
삶을 살아갈 때
챙겨주는 젓가락이 되는 것이다.
드러나지 않지만
젓가락처럼 곁에 있어주는 것이다.

차이

그녀가 고개를 돌렸다.
아! 나에게 관심이 없구나.

그가 나를 보았다.
아! 심장이 멎을 것 같아.

그녀는 고개를 돌렸고
그는 고개를 숙였다.

학사모

학사모를 쓴다.
4천만 원짜리 모자에 담긴
부모님 주름의 무게를 쓴다.

학사모를 쓴다.
등록금이 없어 대학을 끝까지 다니지 못한
친구를 대신한 죄책감을 쓴다.

학사모를 쓴다.
참 지성을 실천하지 못한
나 자신에 대한 부끄러움을 쓴다.

별

과학과 기술은
인간을 별에 더 가까이
데려가 주지만

음악과 시는
인간의 가슴에
별을 품을 수 있게 한다.

새해 인사

아침에 온 문자 한 통

"새해에는 원하는 일 모두 이루길 바랄게"

사실 나의 바람은
당신의 마음 그거 하나였다.
근데 다시 생각해보니
당신의 마음 하나를 얻는 것이

"원하는 모든 일을 이루는 것과
같은 것이었구나"

할머니

할머니 병문안을 가는 길에
내 머리 위로 빗줄기가
조금씩 떨어지기 시작했다.

편의점에 들러 우산을 사려다
그냥 비를 맞기로 다짐했다.
할머니는 이 빗방울보다

더 깊은 눈물방울을
마음속으로
삼키고 삼켜야 했을 테니까
병원의 불이 꺼지면

삶의 끝 줄기에 선 병실 안에서
절대적 고독을 그렇게
빗방울보다 더 슬프게
홀로 견디고 또 견뎌야 했을 테니까

시외버스

명절에 고향 가는
시외버스를 탄다.
조급한 마음이야 다 같으리 만

시외버스는 먼 길을 돌아
더 많은 사람들과 함께 간다.
그리운 마음이야 다 같으리 만

만 리도 더 되는 길에

넉넉한 마음 하나를 품고 간다

7가지 본질적인 질문

본능에 의해 몸을 섞는 것이
진짜 '사랑'인가?

겉으론 믿는 척 속으론 실패를 바라는 것이 진짜 '우정'인가?

약자를 향한 비난의 화살이
진짜 '비판'인가?

주어진 대로 순응하며 사는 것이
진짜 '운명'인가?

관념이 고정되어 가는 것이
'나이'의 진짜 의미인가?

마음이 채워지지 않는 것이
진짜 '공부'인가?

이성에 마음과 직관을 속이며 사는 것이 진짜 '성공'인가?

열차

열차를 타기 위해선 때를 잘 맞춰야 한다.
마침 "타는 곳에 열차가 들어온다"는
방송이 나왔다.
하지만 나는 너무도 멀리 있었고
탈 수 없을 것이라 이미 놓친 것이라
머릿속으로 수없이 되뇔 무렵

문득 마음이 이끄는 대로 뛰어보기로 했다.

열심히 뛰고 또 뛰니까 머릿속 걱정들이
하나씩 날아가기 시작했다.
그렇게 타는 곳에 다다랐을 때
결국 열차는 떠나가 버렸지만
나는 전혀 생각하지 못했던
또 다른 열차를 탈 수 있었다.

정성이란 손님

내가 어떤 일을
열심히 하고 있는지 알고 싶다면
마음속에 정성이란 손님이
찾아오는지 꼭 살펴보라
'열심히'는 어떤 일에
온 정성을 다한다는 것이다.

죽어라 해도 안 되면
될 때까지 억지로 해도
좀처럼 정성이란 손님이
찾아오지 않는다.

하면 되는 걸 찾아서
더 잘할 때까지 열심히 할 때
우리의 마음속에
자연스레 정성이란 손님이 찾아와
이미 자신도 모르게 어떤 일에
온 정성을 다하고 있다.

벚꽃

한 번씩 당신의 마음에 피는
벚꽃이 되고 싶다.

당신의 마음이 마른 땅처럼
허전하고 외로울 때

한 번씩 당신의 마음에 피는
벚꽃이 되고 싶다.

벚꽃이 되어서라도
잠시나마 당신의 마음에
기쁨으로 머물고 싶었노라고

한 번쯤은 벚꽃처럼
그렇게 용기 내어
말없이 말해보고 싶다.

당신이 밉다

나에게 다가오지 않는 당신이 밉다.

나의 마음을 몰라주는 당신이 너무 밉다.

나를 떠나서 다른 사람의 품에 안겨버린
당신이 너무나 밉다.

사실은

당신에게 먼저 다가가지 못한
내가 미운 것이고

당신에게 먼저 마음을 표현하지 못한
내가 미운 것이고

당신을 붙잡고 좋아한다고 말 한 마디 못한
나 자신이 너무도 미운 것이다.

사랑은 도자기

사랑은 함께 만드는 도자기다.
한 쪽에서만 급하게 생각하면
쉽게 무너지기 때문이다.

사랑은 함께 만드는 도자기다.
상대를 천천히 알아가며 이해할 때
비로소 모양이 드러나기 때문이다.

사랑은 함께 만드는 도자기다.

둘이 함께하는 시간만큼 굳어지고
둘이 함께하는 마음만큼 단단해지니까

둘이 함께하는 시간만큼 굳어지고
둘이 함께하는 마음만큼 단단해지니까

초승달

당신이 떠난 뒤에 밤하늘을 바라보면
초승달 위 별 하나 외로이 걸려있네
그대 뒤에서 아주 멀리 또는 아주 가까이
그렇게 바라보고 싶었는데
당신은 말없이 홀로 떠나버렸네
어쩌도 밤하늘에 별빛은
이내 마음을 잘 비추는지
딱 당신 얼굴 하나 없는 초승달이
아주 멀리 또는 아주 가까이서 닿을 수 없는
별 하나를 홀로 흠모하고 있구나.

거리

내가 널 보고 네가 날 볼 때
네가 날 보고 내가 널 볼 때

네가 앞서 걷던 거리를 나도 뒤따라 걸었을 것이고
내가 앞서 걷던 거리를 너도 뒤따라 걸었을 것이다.

내가 널 보고 네가 날 보지 못할 때
네가 날 보고 내가 널 보지 못할 때

너에게 의미 없던 거리가 나에게 큰 의미가 되었고
나에게 의미 없던 거리가 너에게 큰 의미가 되었다.

시간이 지나고 환경이 변해도
다시는 우리가 같은 공간에 걷는 일이 없다고 해도

가끔은 말하지 않아도 알 수 있는
같은 마음

그 마음만은 그 자리에 변치 않아주오

2부

꿈을 이루는 비밀

외모

저렇게 보면 못생겨도
이렇게 보면 잘생겼고
저렇게 보면 안 예뻐도
이렇게 보면 참 예쁘다.

사람은 다 그렇다.

당신을 모르는 저런 사람들에게는
당신이 별로일지 몰라도
당신을 잘 아는 이런 사람들에게는
당신은 어떻게 보아도

가장 아름다운 사람이다.

철교

튼튼한 두 다리로 철교 위를 걷는다.
철교는 오늘도 많은 사람들 삶의 무게를
묵묵히 견딘다.

그러던 어느 날
항상 튼튼할 것이라 믿었던 철교에
하나씩 하나씩 금이 가기 시작했다.

모두가 보았지만 지나쳤다.
모두의 일이지 누군가의 일이지
나의 일은 아닐 것이라 생각했다.

매일같이 자신들 삶의 무게를
고스란히 철교 위에 싣고 달리면서
작은 관심 한 번 주지 않았다.

우리도 삶에 치여 힘이 들 때
그 힘조차 낼 수 없어 죽어가는 이들이
바로 아래 있음을 바라보지 못한 채
오늘도 묵묵히 철교 위를 걷지는 않았는가.

시의 목적

무릇 시란
삶의 본질을
탁 건드린 후에
인간의 영혼을
툭 쳐야 한다.

사람

사람은 살면서 세월만큼
선입견의 눈꺼풀도 쌓인다.
그래서 이 사람에겐 잘하고
저 사람에겐 차별을 가하는 사람들이 있다.
물론 사람은 살아가면서
뜻이 맞는 사람들과 더 가까이 지낼 수 있다.
하지만 그렇다 하여
저 사람의 내면을 보기도 전에
남으로 치부하여 관심을 갖지 않는
그 사람은
이 사람과 저 사람은 잘 볼 줄 알면서
사람이라는 본질을 볼 줄 모르는 맹인이다.

개나리

개나리는 아름답게 피어
봄의 시작을 알린다.
하지만 봄이 지나면 개나리가
진다는 사실에는 관심이 없었다.

개나리의 노오란 색깔에
눈이 즐거웠다.
하지만 개나리가 내는 진짜 향기를
맡아 본 적은 없었다.

개나리가 주는 화사함에 기분이 좋았다.
하지만 개나리가 왜 그곳에 피어
홀로 외로움을 견디고 있었는지
알지 못했다.

개나리가 말하는 이야기에
마음으로 귀 기울여 본 적도 없으면서
나는 당신이란 꽃을 잘 알고 있다고
착각하며 살아오진 않았는가.

네모난 세상

세상 사람들은 네모난 것을 통해 세상을 본다.
대부분의 체계가 네모나게 되어있기 때문이다.

우리의 사고를 지배하는
텔레비전, 책, 휴대폰
그 안에는 삶의 희로애락에 대한
거의 모든 것이 담겨있다.

이제는 그 세상마저도
자기 흥미에 맞추어 신택할 수 있게 되었다.
그곳은 이제 우리가 그토록 꿈꿔왔던
유토피아가 되었다.

하지만 그렇게 완벽해 보이는
네모난 세상에도 빈틈이 있다.
바로 가장 중요한 자기 자신이 없다는 것이다.

**사실 동그란 자기 마음 안에
삶의 모든 정답이 있는데 말이다.**

동해

동해 너는 한 민족의 목마름이다.
정동진 뜨거운 심장을 품은
백발노인의 간절한 소망이다.

동해 너는 호미곶 호랑이의
용맹함을 품은 청년의 절개이다.

파도소리 절절히 부딪혀 내는
영금정 아낙네의 거문고 한 자락이다.

동해 너는 지금 내가 마시는
물 한 잔에 담긴 모든 것이다.

불가능

불가능은 분명히 존재한다.
하지만 불가능을 가능으로
바꾸기 위한 노력에는
불가능이 없다.

당신은 알게 될 것이다.
불가능이 가능으로 바뀌어
꿈으로 이루어진 후에는
그것은 다시 불가능이란 이름으로
저 멀리 달아나버려
인간은 또 다른 불가능에
도전한다는 것을

그래서 당신은 알아야 한다.
불가능을 가능으로 바꾸기 위한 노력에
꿈을 이루기 위한 인생의 모든 과정에
그리고 바로 지금 이 순간에
오직 영원한 '가능성'이 존재한다는 것을

손길

손길이 많이 닿으면 때가 타지만
손길에 마음을 담으면 인정이 타오른다.

한 손에 손가락이 다섯 개인 것은
적어도 손이 가진 의미를
다섯 번은 생각해 보라는 뜻이다.

타인을 위해 문고리를 잡아주는 손
장애우의 휠체어를 밀어주는 손
노인의 움직임을 부축하는 손
가난한 아이들을 위해 기부하는 손
마음을 담은 글을 쓰는 손

나의 손은
누구를 위하여 또 무엇을 위하여
존재하고 있을까?

오글거리다

찌개는 보글보글 끓는 것이 아니라
오글오글 끓는 것이다.

그래서 우리는
더 많이 오글거려야 한디.

사람의 마음도
오글오글 끓을 때
더 따뜻해지기 때문이다.

스승과 배움

위대한 스승은 도서관에 있고
진정한 배움은 세상 속에 있다.

열두 시간

추운 겨울 나에게 열두 시간은
단순히 낮과 밤의 경계선이었다.
그러던 어느 날 마음의 국경선에
봄꽃 같은 소녀 하나가 불현듯 찾아와
이리저리 헤매어 경계선을 허물더니
내 안에 꽃을 피워냈다.
"어! 우리 열두 시간 동안 함께 있었네!"
그 말 한 마디에 그 해 겨울은 녹아 내렸다.
고맙다. 나의 열두 시간에 생명을 준 사람아
고맙다. 한겨울 추위보다 더 따뜻했던 사람아

살아있는 삶

이미 패배가 정해진 것이라 할지라도
깨지고 부서지게 될 운명이라 할지라도
그것이 살아있는 삶이라면

가까운 사람들의
비웃음과 조롱을 견뎌야 할지라도
때때로 선택에 대한 참을 수 없는
고독과 고통에 절망할지라도
그것이 살아있는 삶이라면

모두를 위한 일을
아무도 알아주지 않는다 할지라도
또한 원했던 결과를
얻지 못한다 할지라도
그것이 살아있는 삶이라면

단 한 번만이라도 살아보고 싶다.
그러한 삶을
아니 살아가고 싶다. 그러한 삶을
그것이 살아있는 삶이라면

걸어보고 싶다. 내 전부를
걸어가고 싶다. 내 인생을

그것이 진정 살아있는 삶이라면

살아보고 싶다. 내 전부를
살아가고 싶다. 내 인생을

술에게

술이 쓰다 말하지 마라.
너희 부모님은 그것보다
더 쓰디 쓴 인생의 독주를
홀로 마셔야 했단다.

술을 먹은 뒤 고생했다 말하지 마라.
숙취는 하루면 끝이 나지만
부모님 당신 마음 안에

한평생 숙취보다 깊은 상처 하나는
술 한 잔의 고생보다
더 깊은 희생을 담기 때문이란다.

절벽에 핀 꽃

모두가 절망이라 부르며
꽃 피우기를 포기하는 곳에

초연하게 피어난 그 꽃 한 송이
한 떨기 희망을 품었네

증오와 사랑

증오는 사람을 악하게 하고
사랑은 증오를 약하게 한다.

문

열린 문을 닫혀 있다고 적어 놓으면
대부분의 사람들은 그 문을 열지 않는다.
그러다 보면 그 문은 열려 있어도
정말 닫힌 문이 되어버린다.

반면 닫힌 문을 열려 있다고 적어 놓으면
대부분의 사람들은 어떻게든
그 문을 열려고 한다.
그러다 보면 그 문은 닫혀 있어도
정말 열린 문이 되어버린다.

인생도 하나씩 열어 나가는 문과 같다.
사람은 누구나 자기가 믿는 만큼
열린 문을 닫아 둘 수도 있고
닫힌 문을 열어 갈 수 있다.

똥

인간은 누구나 똥을 싼다.
배가 아프다. 그런데 자꾸만 참으라 한다.
참으면 병 된다.

나도 너 때에 다 그랬다고
세상이 원래 다 그렇다고
참고 또 참고 또 참으라 한다.

똥은 참으면 참을수록 좋을 게 없다.
인간은 결국 똥을 싸지 않으면
죽기 때문이다.
그래서 나는 똥이 마렵다.

이 당연한 사실을 말하는 것이
부끄러운 이유는
진리를 좇아 현실에 반항하는 일이
적당히 현실과 타협하는 것보다
더 두렵기 때문이다.

꿈이 필 때

꽃이 피려면 땅이 있어야 하듯
꿈이 피려면 반드시 현실이 있어야 한다.
그래서 언제나 꿈을 이루기 위해선
현실이란 땅을 잊어선 안 된다.
모든 꿈이 현실 안에서 피어나기 때문이다.

하지만 가장 중요한 것은 꿈의 깊이다.
현재의 위치도 중요하지만
정말 깊이 있는 씨앗은
어떤 땅에서도
가장 아름다운 모습으로 피어나기 때문이다.

뜀

누군가 급하게 어디론가 뛴다.
왜 그렇게 급히 뛰어가냐 물어보니
현실이 그쪽으로 뛰어오라고 했단다.

그가 뛰자 사람들이 우르르 몰려든다.
다른 사람들에게 어디로
뛰어 가는 줄 아느냐고 물어보니
자기도 모르겠단다.

그냥 불안해서
남들이 뛰는 대로 열심히 뛰어 간단다.

그래서 나는 더 늦기 전에
내 마음이 이끄는
방향으로 유턴하여 뛰기 시작했다.
괘도를 이탈해서 뛰는
나를 사람들이 손가락질했다.

그러다 한 사람이
나에게 어디로 가는 거냐고 물어봤다.
또 어떤 사람은 나에게 같이 가자고 애기했다.

그렇게 한 사람 한 사람이
나를 따라오기 시작하더니

자신만의 길을 걷기 시작했다.
그렇게 세상의 기준이 바뀌기 시작했다.

멍청함

멍청함 그것은 특별함이다.
무지에 솔직할 수 있기 때문에
다른 사람과는 다른 유일함이다.

멍청함 그것은 용기이다.
무모하기 때문에 모든 것을
가능하게 하는 힘의 원천이다.

멍청함 그것은 기본이다.
넘치는 지식 속에서도 가장 중요한 것을
잊지 않게 해주는 현명함이다.

마음, 그 참을 수 있는 가벼움

사람 마음이라는 거

참 간사하고 가벼워 부질없고

이리저리 흔들리고

보이지도 않아 그리고 머물지 않으니

잡을 수도 없지

나에게 오고 있는 건지 아닌 건지

알 수도 없잖아

그래도 마음아 너는 변함없이

삶에서 가장 소중한 것이

무엇인지 알려주고 있으니

내 삶이 다하는 날까지

너 하나 의지하고 그 끝을 따라가리라

미생

상사와 삼겹살을 먹는다.
돼지고기를 한 번도 안 잘라 봤느냐며
웃음기 띤 얼굴로 나를 타박한다.

상사의 그릇에 찌개를 떠주다
손이 데어 남몰래 수건으로 닦았다.
그렇게 닦다가 손에서 때가 나오겠단다.

담배를 피우지 않는 나에게
이런 때 한 대 피는 거라며 담배를 건넨다.
그것에 응하지 않는 내가 융통성이 없단다.

원래 인생이 다 그런 거라며
나도 너 때에 다 그랬었단다.

원래 인생이 다 그래도 나는 당신 때에
지금의 나를 속이지 않겠다고 다짐한다.

선과 악

악한 것은 기억에 오래 남지만
선한 것은 마음에 오래 남는다.

그러니 악이 아닌 선을 따라가라

기억은 마음으로 가서 사람을 지배하지만
마음은 우주로 가서 모든 것을 지배한다.

아버지

술에 취한 아저씨가
한강을 바라본다.
바라보고
또 바라보고
하염없이 바라본다.
그러다 강보다
아름다운 눈망울로
내게 속삭인다.
"우리 딸이 생각나서요"

아토피

오랜 기간 아토피를 앓았다.

아토피는 불치병이다.

피부에 좋다는 약이란 약은

다 써보아도

아무런 효과가 없었다.

그런데 다시 생각해보니 그것은

자연을 사랑하고

동식물을 먹는 것에 대한

죄책감과 부끄러움을

항상 잊지 말라는

신의 메시지는 아니었을까?

연결

세상 모든 것은 의미로 연결되어 있다.
사람의 몸이 하나 하나 연결되어 있듯이
모든 언어가 하나 하나 연결되어 있고
세상 모든 만물이 하나 하나 연결되어 있다.

당신이 창조의 비밀을 알고 싶다면
단 하나의 것도 함부로 대해선 안 된다.

모든 것이 보이지 않게
연결되어 있기 때문이다.
창조의 시작은 일단 모든 것에서
의미를 찾으려 노력하는 것이다.
그리고 그 의미와 의미를
마음과 행동으로 연결하는 것이다.
하지만 무엇보다 창조의 끝은
이 모든 것을

**'사랑'이라는 의미 하나로
연결해내는 것이다.**

귀

우리에겐 세 가지 소리를
들을 수 있는 귀가 필요하다.

그래서 평상시 귀는
한 쪽에 걸린 이어폰 같아야 한다.

한 쪽은 이어폰을 통해
자기 내면의 소리를 들을 수 있는 귀

다른 한 쪽은 이어폰 없이
타인의 소리를 들을 수 있는 귀

마지막은 나와 타인을 제외한
제3의 소리를
들을 수 있는 마음의 귀

아름다움

여자는 어느 때 가장 아름다운가?
값비싼 화장품을 썼을 때?
값비싼 드레스를 입을 때?
모두 아니다.
진정한 아름다움은
누군가를 사랑하고 있거나
누군가에게 사랑을 받고 있을 때
드러나는 여자의
꾸밈없는 얼굴 속에 있다.

웃음

세 가지 유형의 웃음이 있다.

상대방을 낮추며
자신이 웃는 웃음이 있고

자신을 낮추며
상대방을 웃게 하는 웃음이 있다.

그러나 그 중의 제일은
상대방과 나를 높이며

함께 웃는 웃음이다.

착각

사람은 누구나 착각 속에 산다.

사람들이 자신에게 관심이 많을 것이란 착각
자기보다 힘든 사람은 없을 것이란 착각
내가 없어도 세상은 잘 돌아갈 것이란 착각

우리는 착각 속에서 깨어 나와야 한다.

타인에 의해 내 마음을 속일 필요가 없다는 사실
나만큼 힘든 사람들은 어디에나 존재한다는 사실
나는 세상에 꼭 필요한 존재라는 진실

창의력

교육이 해낼 수 없는 일이 있다.
그것이 창의력이다.

교육은 대부분 수동에서
능동으로 간다.
대부분의 교육이
머리에서 마음으로 가기 때문이다.

하지만 언제나 창의성은
수동적 객체가 되는 교육을 넘는다.

항상 나 자신의 마음 하나가
능동적 주체가 되어
마음에서 마음으로
교육 이상의 것을 창조하기 때문이다.

창밖의 소리

수업이 시작되고 강의실은
적막으로 가득 찬다.
이어 두터운 뿔테 안경을 낀
교수님이 들어오신다.
학생의 키보다 더 커 보이는 교탁은
흡사 교수님과 학생 사이의
베를린 장벽이 존재하는 듯 보인다.
개론 서적을 열심히 밑줄 치는 아이들
강의실은 펜이라는 칼과 지우개란 방패로
승자와 패자를 가르는 전쟁터를 보는 듯하다.
총성 없는 전쟁의 서막 그리고 우리를
지휘하는 교수님의 나지막한 목소리를 듣는다.
그러다 잠깐의 정적이 흐른 뒤 창문 틈
사이로 아주 맑은 참새 소리가 들려온다.
강의실에 또 한 번의 정적이 흘렀다.

가까운 사람

가까운 사람에게 상처주지 말아라.
당신이 괴로움의 늪에서 허덕일 때
당신의 곁에 있어주는
사람은 가까이 있는 사람들이다.

가까운 사람에게 상처주지 말아라.
당신이 누구보다 기쁜 일이 있을 때
당신의 기쁨을 함께 나눠주는
사람은 가까이 있는 사람들이다.

간격

열차와 열차 사이의 운행을 위해선
적절한 간격이 필요하듯
사람과 사람 사이의 친밀함 역시
적절한 간격이 필요하다.

이 열차와 저 열차 사이에는
열차라는 본질은 같지만
그 안에 내용물이 서로 다르듯

이 사람과 저 사람 사이에도
사람이란 본질은 같지만
각자의 자아가 서로 다르기 때문이다.

남자와 여자

여자는 남자가 자신을 사랑하는 것인지
자신의 육체를 원하는 것인지 알아야 하며

남자는 여자가 자신을 사랑하는 것인지
자신의 조건을 원하는 것인지 알아야 한다.

모두의 법

딱 하루만
모두가 지켜야 하는
법이 있었으면 좋겠다.

서로 사랑하는 법
용서하는 법
다시 일어나
꿈을 이루는 법

끔찍함

내 사람은 끔찍이 대하면서
다른 사람은 막대하지 마세요

다른 사람도 누군가에겐
끔찍이 아끼는 내 사람입니다.

사랑이 아닌 사람만 볼 때
전체가 아닌 주변만 볼 때

당신의 끔찍함은
모두에겐 끔찍함이 됩니다.

기억과 추억 사이

좋은 기억을 준 장소는
계속 찾아가게 되듯

좋은 추억을 준 사람은
계속 생각나게 된다.

소수와 다수

소수를 만족시킬 수 없다면
다수를 만족시키기 위해서 노력하겠다.

다수를 만족시킬 수 없다면
소수를 만족시키기 위해서 노력하겠다.

모두를 만족시킬 수 없다면
자신을 만족시키기 위해서 노력하겠다.

그렇게 결국엔 모두를 만족시키는
사람이 되기 위해서 노력하겠다.

손톱

노력과 집착에는
근소한 차이가 있다.
손톱을 깎는 것이
노력이라면
더 바짝 깎으려다
살을 파는 것이 집착이다.

완전함에 관하여

인간은 모두 불완전하다.
그런데 세상은 완전한 척
삶을 살아가는 사람들이 너무 많다.

불완전한 인간이
완전함에 가까워지는 것은

누군가를 가르침이 아닌
내가 모르는 더 큰
어떤 무지에 대한 겸손함이며

아이들에 대한 훈계 이전에
스스로를 성찰할 줄 아는 것이며

자기 주관에 따른
성공을 강요하는 것이 아닌

무엇이 진정한 성공인지
함께 답을 찾아가기 위한
배려와 경청의 자세이다.

입다

집을 나서기 전
가장 비싼 옷을 꺼내 입는다.

집을 나선 후
더 좋은 학교를 골라 입는다.

사회에 나선 후
드디어 가장 좋다는 직장을 입었다.

시간이 지난 후

끝나지 않을 것 같았던
학교도 졸업했다.

남들 보기엔 번듯했던 직장도
결국 퇴직했다.

집에 돌아온 후

지금은 남루해진
가장 좋다는 옷을 벗는다.

그리고 침대에 누워 가만히 생각한다.

이 모든 것들에
과연 나다운 나가 얼마나 있었는가?

자아

세상을 망치는 것은
자기다운 사람이 아니라
자기중심적인 사람들이다.

전

전 하나를 부치려면
다양한 재료가 손에 손을
잡아야 하듯

꿈을 이루려면
다양한 사람이 손에 손을
잡아야 한다.

전은 재료와 재료가
뭉쳐 힘을 모을 때
비로소 완전한 음식이 되듯

꿈도 사람과 사람이
서로 도우며 사랑할 때
비로소 완전한 현실이 된다.

정의

이것도 옳고 저것도 옳다

그러나 이것만이 옳다 하여
저것에 상처를 준다면
저것만이 옳다 하여
이것에 상처를 준다면

그렇다면

이것은 저것의 입장에서 정말 옳은 것일까?
저것은 이것의 입장에서 정말 옳은 것일까?

또한

이것과 저것 모두의 입장에서 봐도
그것은 진실로 옳은 것인가?

대화

대화는 위에서 아래로 가는 것이 아니다.

또한 아래에서 위로 가는 것도 아니다.

가운데서 가운데로 오고 가는 것이다.

꿈

꿈은 직업이 아니라
본질 그 자체여야 한다.

고정관념

관념이 나쁜 것이 아니다.

관념이 고정되는 것이 나쁜 것이다.

나이

걸어온 길만큼 중요한 것이
'어떤 마음의 자세로 길을 걸었는가'이다.

'나이'가 많고 적음에 관계없이
모든 사람은 '존중'의 대상이지만

'나이'라는 숫자에 높고 낮음과 관계없이
어떤 깊이를 담을 수 있는가에 따라

'존경'의 대상이 정해지는 것이다.

이유 없는 시

불을 끄고
잠에게 청혼을 하기 전
오래된 타지 생활
외로움 한 뼘 지우려

밤의 끝자락 달동네 언덕 위
새벽 뒷산을 오른다.
밤하늘 청명함에
부끄러운 별들이 고개를 숙인다.

산을 내려오며
달동네 언덕 아래
밤하늘 아름다움을 지탱하는
청소부 아저씨 고개를 드신다.

오늘도 마음 한 편에
포근한 어머니의 겸허함과
멍울진 아버지의 겸손함을
아로새긴다.

거짓말

때로는 속아도 좋다.

상황이 안 좋아도 시간이 지나면
다 잘 풀릴 것이라는 거짓말

지금 당장은 그 사람을 잊기 힘들어도
더 좋은 사람이 나타날 것이라는 거짓말

차가운 현실에도 절대 꿈을 놓지 않으면
반드시 이룰 수 있다는 거짓말

그 거짓말에 속고 또 속은 뒤
훗날 나 자신을 돌아보며
이런 이야기를 하겠지

그때 완전히 속았기 때문에
예전에는 진실이었던 현실이
지금은 거짓말이 되었다고

등

친구란 세상 모두가
나에게서 등을 돌려도
언제나 나에게로
등을 돌려 줄 수 있는
사람이다.

한강 같은 여자

한강 같은 여자를 만나고 싶다.
매일 바라보는 한강을
아이 같은 눈으로 바라볼 수 있는
한강에 담긴 아픔과 기쁨의 눈물을
이해하는 마음을 가진
때때로 먼 여행을 떠나는
오리 떼를 발견하며 미소 짓는
그런 한강 같은 여자를 만나고 싶다.

아름다운 사랑

자기 자신을 버려가며 주는
일방적인 사랑은 위험할 수 있다.
정말로 사랑한다면
그 사람을 통해서
내가 이전보다 더욱 성장하였는지
스스로를 얼마나 사랑하게 되었는지
돌아보면 알 수 있다.
한 사람을 사랑함으로써
이성과 감성이 전보다
더 나은 방향으로 흘러가는 것
보다 발전적인 삶을 살게 되어
인생 그 자체를 사랑하게 되는 것
이것이 진정 아름다운 사랑이다.

뒤바뀐 전제

얘기를 하라더라
공감할 생각은 없으면서

대화를 하자더라
소통할 생각은 없으면서

삶의 신조

성실과 인내는 내 동반자고
열정과 실력이 내 인맥이다.

꿈을 이루는 비밀

마음만 먹어선 안 된다.
행동으로 실천해야 한다.
행동만 해서는 안 된다.
이성으로 연구해야 한다.

연구만 해서는 안 된다.
행동으로 실천해야 한다.
행동만 해서는 안 된다.
마음으로 기도해야 한다.

사물의 이야기

신호등은
가야 할 때와 멈추어야 할 때를
알라는 이야기다.

창문은
내 안의 이야기와 세상의 이야기를
조화롭게 들으란 이야기다.

집은
침해 받을 수 없는
나만의 세상을 창조하라는 이야기다.

그리고 세상에 나가 내 세상을
보여주고 증명하란 이야기다.

경쟁률

내가 엄청난 경쟁률을 넘어섰다면
그 다수의 사람들 중

선택된 한 명이라는 사실에
자랑스러움을 갖는 것이 아니라

먼저 떨어진 사람들의 마음을
헤아릴 줄 아는

책임감을 가져야 하는 것이다.

나의 행복이 누군가의 불행을
담보해야 하는 것이라면

남과 나의 비교를 통한 우월감이
행복의 개념이라면

나는 차라리 불행을 택하고 싶다.

3부

진다는 것에 관하여

늙는다는 것

나이가 들어서
늙는 것이 아니다.
잘못된 관습에
타협하고 인정할 때
선입견이라는
진짜 나이를 먹고
늙어가는 것이다.

권위

잡으면 잡으려 할수록
세우면 세우려 할수록 도망간다.
그것이 바로 권력과 권위욕이다.
권력은 대중에게 빌리는 것이니
자신의 것이 아니고
권위 역시도
본인이 세우는 것이 아니니
자신의 것이라 할 수 없다.

노력의 방향성

누구도 쓸 수 없는
글을 쓰기 위해 노력하지만

누구나 공감할 수 있는
글이 되기 위해 노력한다.

호의와 권리

호의가 계속되어 권리인 줄 알아도

호의는 계속되어야 한다.

호의는 권리보다 힘이 세기 때문이다.

호의를 권리인 줄 아는 사람은

호의가 가진 진정한 가치를 모른다.

호의야말로 인간에게 남아있는

마지막 희망의 증거이기 때문이다.

책

책 한 권을 목적으로 알고
마음으로 품는 사람이

책 백 권을 수단으로 여겨
이용하려는 사람보다

훌륭하다.

주제

사람은 주제를 몰라야 한다.
자신의 주제를 정하지 않을 때
스스로 주체가 되어
세상에 주제를 던지는 사람으로
창조의 길에 나아갈 수 있다.

꿈

이미 꿈을 이룬 듯이
거드름 피우는 사람들을
전혀 부러워할 필요가 없다.
꿈은 그 깊이만큼
생명력이 있기 때문이다.
그렇기 때문에 꿈을 돈으로 이루려는
사람들 역시도 부러워할 필요가 없다.
돈으로 살 수 있는 꿈은
쉬운 만큼 쉽게 사라지는
부끄러운 것이기 때문이다.
또한 꿈을 이루어서
행복하다는 사람 역시도
너무 부러워할 필요가 없다.
꿈 그 자체에 이미
행복이 담겨있기 때문이다.

마음을 따르기 좋은 때

모든 것에는 '때'가 있다.

그래서

지금 이 순간이

내 마음을 따르기에

가장 좋은 '때'라 생각한다.

진다는 것에 관하여

자식을 이기는 부모 없다.
그래서 진다는 것은 실로 대단한 것이다.
그 안에 모든 희생을 감수해야 하기 때문이다.

진다는 것은 사실 상대보다 약해서
그런 것이 아니라
그보다 더 소중한 가치가
존재함을 알고 있기 때문이다.

부처도 그랬고 예수도 그랬다.
서로 사랑하라고 모든 것을 사랑하라고

그들은 알고 있었던 것이다.

인생의 정답은 모든 것에 져주는 것이라고
모든 것에 양보하고 희생하고 용서하며
사랑하는 것이라고

시인

삶의 아름다움을 알려준
한 시인의 시를 읽었다.
그 시인이 어디에 사는지를 찾아보았더니
아주 먼 곳에 살아 만나기 어려웠다.
그런데 왜 먼 곳에 있다는
생각이 들지 않았을까?
그것은 어느덧 시인이 시로서
내 마음 속 한 편에 들어왔기 때문이다.

정의와 벌

교수님께서 학생들에게
정의란 무엇이냐 물어보고 계셨다.
학생들은 모두 자신만의 답을 내놓았다.

그때 갑자기 여왕벌 한 마리가 불쑥
강의실에 들어왔다.

자신의 새끼를 잃어 버렸는지
너무도 분주하게 강의실을 이리저리
휘젓고 있었다.

수업은 중단되었고
학생들은 벌이 자신을
공격할까 몸을 사리기에 바쁘다.

새끼를 발견한 여왕벌이
밖으로 나가려던
그때

갑자기 한 학생이 불쑥 책을 들어
여왕벌을 때려잡았다.

강의실에 적막이 흘렀고
다시 교수님께서 수업을 시작하며
정의를 물었다.

아까 벌을 때려잡던 학생이
책을 한 번 툭 털어낸 후

다시 용감하게 손을 들어
정의에 대해 발표하기 시작했다.

사랑은 사계절처럼

사랑은 봄바람 타고 따스하게 왔다가
한여름 태양처럼 뜨겁게 타오르고
가을 낙엽처럼 쓸쓸해지다
한겨울 눈처럼 한없이 차가워지네
그러다 다시 후회할 것을 알면서
따스한 봄바람 스치기를 기다리겠지

외로움

혼자라 외로워 말아라.
삶은 결국 외로움을 견디며
자기를 온전히 알아가는 일이다.

나를 이해하고 사랑하게 되는
인생의 모든 과정이다.

스스로를 사랑하게 됨으로써
타인과 자신을 똑같이
사랑할 수 있게 되는 과정이다.

혼자라 외로워 말아라.
삶은 결국 외로움을 알아가며
사람을 온전히 알아가는 일이다.

남을 이해하고 타인을
자신처럼 사랑하게 되는
인생의 모든 과정이다.

더불어 사는 법을 배워가며
그 안에서 행복을 발견하는 과정이다.

상

누군가는 대상

누군가는 금상

난 꿈에 대한 상상과

노력에 대한 믿음

이 과정이 내게 준 보상과

내게 보여줄 현상

어떠한 인간적 관념이

주는 상(賞)보다

더 큰 상(上)임을 알고 있기에.

나는

나는 어린 시절 집에 도둑이 들어
집안의 물건을 도둑맞아 봤기에

어떤 일을 하든지 대가 없이
보상을 바라지 않고
절대 타인의 것을 탐내지 않는다.

나는 어린 시절 지독한
괴롭힘을 당해 봤기에

나보다 여린 친구들을
절대 괴롭히지 않는다.

나는 가장 힘든 일을 경험하며
가장 적은 돈을 받아 봤기에

많은 돈을 얻어도 그것의 소중함을
알아 절대 낭비하지 않는다.

나는 믿었던 사람들에게
너무도 많은 배신을 당해 봤기에

정말 중요한 순간에 믿어야 하는 건
나 자신임을 알고 있다.

나는 삶에서 바라왔던 일들이
나의 의지대로
이루어지지 않음을 알기에

나의 의지대로 노력할 수 있는 삶
그 자체에 항상 감사할 줄 안다.

나는 곁에 아무도 없는 고독의 괴로움이
얼마나 큰 것임일 잘 알기에

결국 사람에게 가장 소중한 것은
사람임을 안다.

나는 탐욕을 좇는 인간이 어떻게
타락하는지 보았기 때문에

항상 탐욕을 경계하고
진정한 진리를 찾기 위해 노력한다.

나는 모든 것은 순간으로 지나가기 때문에
영원한 것이 없음을 안다.

하지만 영원한 것이 없음을 알기에

모든 순간에 감사하고 사랑하는 것이
곧 영원히 살아가는 것임을 알고 있다.

그래서 나는 알고 있다.
그리고 나는 살고 있다.

관상

친구가 말했다.
후··· 인상 아니 인생이
너무 쓴 것 같아.

.

.

.

인상과 인생 그 미묘한 차이
인생이 쓰면 인상이 써지고
인생이 달면 인상이 펴지고

　　　　허나

인상을 쓰면 인생이 써지고
인상을 피면 인생이 펴지고

모든 답은 이미 내 마음 안에
이것이 우리네 인상 안의 인생

빈 강의실

수업이 끝난 후 친구들은
하나둘 수업을 빠져 나간다.

그렇게 모두가 떠나간 빈 강의실을
앞에서 그리고 뒤에서
가능한 오랫동안 바라보았다.

강의실은 참 우리네 삶과 닮았다.
우리는 모두 만나고 헤어진다.
강의실은 본디 아무도 있지 않았다.

그곳에 사람이 모이고
따뜻한 온기도 모이고
인연이 생기고 추억도 생겼다.

인생도 결국 빈 강의실 같아서
만나고 헤어짐의 추억이 쌓이지만

한 번 툭 털어내는
칠판지우개의 먼지처럼
그것을 영원히 가져갈 수 없는 것이다.

모두가 떠난 빈 강의실에 남아서
가능한 오랫동안 주변을 둘러보았다.

책상과 의자 칠판 혹은 교실 모든 곳에
추억의 흔적이 보인다.

내가 떠난 이곳엔 또 다른 이들의 삶이
칠판의 글씨처럼 쓰여지겠지

삶은 너무도 짧게 정해진
수업시간 같아서 그 시작과 끝이

만남과 이별이란
아름다운 순간순간의
연속이자 선물이었구나

욕심

난 욕심이 많은 사람이다.
그래서 사람들의 마음속에
의미 없이 스쳐가는 '누구나'로
남고 싶지 않다.

나의 존재가 사라진다 해도
그들의 마음 깊숙한 곳에
변치 않는 '누군가'로
영원히 남고 싶다.

금

시간은 금이다.

그러나 순간은

금보다 귀하다.

겨울이 봄에게 고함

현실이 차다고
당신 마음 속
못다 핀
뜨거운 꽃봉오리 하나
쉬이 거두지 않기를

봉은사

모든 것을 내어주고
아무 말도 하지 않는 곳

아무 말 없이도
모든 것이 존재하는 곳

가장 소중한 가치가
숨어 있는 곳

오직 마음으로
느낄 수 있는 곳

선

컴퓨터의 선을 뽑아버리면
사람들은 공황상태에 빠진다.
그것은 단순히
선을 뽑아버려서가 아니라

인간의 편의를 위해
만든 매체가
이미 사람들의 관념을 통째로
지배해 버렸기 때문이다.

나의 인생도
어떠한 선에 꽂혀진 채
누군가가 만든 관념에
지배를 당하고 있는 것은 아닐까

발걸음

남자의 발걸음과 여자의 발걸음에는
미묘한 차이가 있다.

보통 남자의 발걸음은 빠르고
보통 여자의 발걸음은 느리다.

남자는 빠르게 사랑에 빠지고
빠르게 식어가는 경우가 많지만

여자는 천천히 사랑에 빠지고
천천히 익어가는 경우가 많다.

같이 걷기 위해서는
남자가 여자의 발걸음에 맞추고
여자는 남자의 발걸음에 맞추듯

사랑도 발걸음처럼
서로의 차이를 이해하고 배려하며
같은 길을 걸어 나가는 것이 아닐까?

세상

기다려라
참아라
아파도 견뎌라

세상이 원래 다 그런 거다.

불합리해도 기다렸기에
부조리해도 참았기에
몸과 마음이 아파도 견뎠기에

세상은 원래 그런 곳이 돼버렸다.

어불성설

정신을 차리란다.
정신을 못 차리게 하면서

권리를 찾으란다.
권리를 빼앗으면서

꿈을 따라가란다.
현실을 따라가 놓고

어른과 성인

어른들은 언제나
삶의 필요한 부분들을
가르쳐주나

성인들은 언제나
삶의 목적을
가르쳐준다.

시간이 지난 후

성인은 그들의 이름이
기억되지만

어른은 단지 어른으로
기억될 뿐이다.

역행

내가 당한 아픔을
다른 사람에게
돌려주지 않는 것은
본능의 순류를 역행하는 것이다.

순류를 역행하는 것은 고통스럽다.
하지만 그것은 연어처럼
진정 살아있는 삶을
살아가는 것이다.

열쇠

열쇠는 중요한 것을
보관하기 위해 필요하다.

하지만 열쇠는 중요한 것을
꺼내기 위해서도 필요하다.

사람도 저마다 마음의 열쇠가 있다.

가장 소중한 가치들을
마음 안에 꼭꼭 모아 잠가둬야 한다.

그리고 때에 맞게
소중함을 꺼내어
이 세상에 보여줘야 한다.

영화

첫 장면만 보면
중간부터 보면
끝 무렵에 보면
온전히 이해할 수 없다.

사람도 그렇다.

외모만 보면
능력만 보면
배경만 보면
온전히 이해할 수 없다.

그러니 사람을 이해할 때는
처음과 중간과 끝을
온전히 보아야 한다.

한 사람은 한 편의 영화보다
더 아름답기 때문이다.

오해에서 이해로

어떤 '일'을 '이'해할 때
잘못된 '이'해를 더하면 '오해'가 됩니다.

그러나 잘못된 '오'해를 빼는 '일'에
'이'해를 나누면 올바른 '이해'가 됩니다.

옷

같은 옷을 입기
싫어하는 사람은 많아도

같은 삶을 사는 것에
저항하는 사람은 많지 않다.

이기심

사람의 본성은
본디 이기적인 것인가?

아니면 이기적인 상황이
본성을 그렇게 만드는 것인가?

그것도 아니라면
'이타심'과 '이기심' 사이에

더 편안한 것을 선택한
나 자신의 문제는 아닌가?

인생

인생의 의미는
부여받는 것이 아니다.

인생의 의미는
부여하는 것이다.

인생은 타인에 의해
만들어지는 것이 아니다.

인생은 자신에 의해
만들어가는 것이다.

일

내가 하기 싫은 일을 해야
내가 할 수 없는 일을 알 수 있다.

내가 할 수 없는 일을 알아야
내가 할 수 있는 일도 알 수 있다.

내가 할 수 있는 일을 알아야
내가 하고 싶은 일도 할 수 있다.

내가 하고 싶은 일을 해야
내가 원하는 삶을 살 수 있다.

내가 원하는 삶을 살아야
내가 진실로 원하는 것을 얻을 수 있다.

전제 밖에서 새로운 판을
짜는 것도 하나의 정답이다.

전제

전제 아래 해답을 찾을 수 없다면

영원함

진리를 찾아 가다보면
영원한 것을 좇아 가다보면

영원하지 않은 모든 것들이
진리가 아닌 모든 것들이

그 뒤를 따라오겠지

버릇

그리스 시대에도 늘 했던 말
"요즘 애들 버릇없다"

지금도 그렇고 앞으로도 그렇고
늘 하게 되는 말
"요즘 애들 버릇없다"

늘 그렇듯
"요즘 애들은 버릇없을 것이다"

그것은

윗사람에 대한
예의를 잃어버려서라기보단

시대의 변화에 따라 자연스레

'자꾸 반복하여 몸에 익어 버린 행동'인

버릇이란 놈에

저항하려는
어린 친구들의 몸부림이

기존 어른들의
기준에는 내키지 않기 때문이다.

술

술 앞에서 장사는 없지만

술을 마시는 것에 있어서는
누구에게도 져본 적이 없다.

술이 한 잔, 두 잔, 세 잔 넘어간다.
시간을 한 시간, 두 시간
세 시간 지워간다.
한 사람, 두 사람, 세 사람 넘어간다.

마지막까지 홀로 남아있는
나 자신을 발견한다.

술을 마시는 것에
져본 적이 없다고 자랑하면서도

마시고 또 마셔도
당신이 잊혀지지 않는 걸 보니

누구도 사랑 앞에서는 장사가 없구나.

4부

바보시인

고통의 처방전

이성으로 오는 고통은
행동으로 극복한다.

행동으로 오는 고통은
마음으로 극복한다.

확률

많은 사람들이 일어나기 힘든
작은 확률에
자신의 모든 것을 건다.

많은 사람들은 일어나고 있는
모든 순간에
자신을 던져야 한다.

자신의 의지로
결정할 수 없는 것은
확률뿐인 꿈이지만

자신의 의지로
결정할 수 있는 것은
실현되는 꿈이 된다.

척

나는 척하는 인간이다.
착한 척
성실한 척
정의로운 척
깨어있는 척

그래도 척하는 이유는
그렇게라도 발악해야
언젠가는 내 안에 있는
가짜 '척'을
빼낼 수 있기 때문이다.

나는 언젠가
진짜 '척'해내고 싶다.
착하게
성실하게
의롭게
깨어있게

태도

긍정적인 태도는
삶을 조금씩 진보하게 하지만

부정적인 태도는
삶을 조금씩 퇴보하게 한다.

인생의 정수는
이 조금씩 조금씩이
어떻게 모이느냐에 달려있다.

특이성

사람은 모두 특별하다.
세상 어디를 봐도
나와 같은 사람은 없고

세상 어디를 봐도
지금 이 순간 이 공간에
나란 사람은 유일하게 존재한다.

그래서 우린 모두
자신만의 특이성을 찾고
이를 개발해야 한다.

그러나 자신의 특이성이
많은 이들의 보편성을
해치면 안 된다.

특이성은 모두의 보편성에
공감을 줄 수 있을 때
비로소 특별함을 가지기 때문이다.

팔

팔이 안으로 굽는다 한들

사람을 사랑하는 마음까지

안으로 굽어야 하겠는가?

진짜 행복

남들에게 행복감을
보여주기보단

남모르게 행복감을
전해주라

화

나도 모르는 사이에
누군가에게 화를 내는 것이
본능적인 것이라면

남에게 화를 낸 미안함에
나 자신에게 화가 나는 것도
본능적인 것인가?

거리의 도인

도를 주고 싶은 걸까
돈을 받고 싶은 걸까

Wi-Fi

사람은 누구나 마음 속 Wi-Fi가 있다.

자신을 둘러싼 환경에 마음이 퍼져있는
Wi-Fi 하나씩 가지고 있다.

어떤 이는 가족까지만
미치는 사람이 있고

어떤 이는 친구까지도
미치는 사람이 있는 반면

어떤 이는 나와 관계없는 다른
사람들의 행복까지 마음의 Wi-Fi가
퍼져있는 사람들이 있다.

지금 내 마음의 Wi-Fi는
어디까지 퍼져있을까?

그리고 그 마음의 Wi-Fi는
좀 더 좋은 세상을 향해 뻗어 있는가?

인정

사람은 인정(人情)없이
살기란 불가능하다.

인정은 남을 동정하는
따뜻한 마음 또는 사람이 본래
가지고 있는 마음이나 심정을 얘기한다.

또한 사람은 인정(認定)을 필요로 한다.
인정은 확실히 그렇다고 여기는 것으로
사람들은 인정(認定)을 통해
인정(人情)을 얻고 싶어 한다.

그러나 우리는 인정(人情)을 통해
인정(認定)을 얻어야 한다.
타인에게 인정(人情)을 베풀수록
진정한 의미의 인정(認定)을
얻을 수 있기 때문이다.

모든 사람에게 인정을 받을 수 있다면
가장 좋겠지만
그럴 수 없다면 깨어있는
소수의 사람에게 인정을 받고 싶다.

그 두 가지가 아니라면

나 자신의 부끄러움 없는
인정(人情)을 통해
스스로의 내면이 채워지는
아름다운 인정(認定)을 얻고 싶다.

신념

죽어도 살아있는
삶을 쫓지

살아도 죽어있는
삶을 따라가지 않기를

보이지 않는 것

나는 알아주길 바랐다.
보이지 않아도
눈으로 보지 않아도
당신이 나를 나로서
이해해주고
인정해주고
사랑해주기를 바랐다.

그런데 다시 생각해보니

그것은 나의 욕심이었다.
나 역시도
보이지 않는 존재를
눈으로 보지 않아도
이해하고
인정하고
사랑하지 못하지 않았었는가.

표현

표현의 방식이 같아도 진심이 다른 것

표현의 방식이 달라서 진심도 다른 것

표현의 방식이 같아서 진심도 같은 것

표현의 방식이 달라도 진심은 같은 것

가치를 이어가다

나보다 남을 남보다 우리를 우리보다
큰 가치를 위해 살아온 사람들이
시대를, 세상을 만들어 왔다.
그들은 죽은 게 아니다.
그 가치를 이어가는 사람들이
계속해서 나타나기 때문이다.

아름다움

아름다움의 첫 번째 의미는

**"보이는 대상이나 음향, 목소리 따위가
균형과 조화를 이루어 눈과 귀에
즐거움과 만족을 줄 만하다"**이다.

이는 보이는 것의
외면적인 미를 뜻한다.

그러나 내면의 미를 발견하는 과정은
언제나 나와 당신의 만남에서
꽃을 피우기 마련이다.

그대 한 사람이
나에게는 바다보다 깊은 마음이며
하늘만큼 넓은 이해이자
별 같은 아름다움
태양 같은 생명력이다.

또한 당신은
우주처럼 표현할 길이 없는
신비로우며 끝이 없는 광활한 사랑이다.

시를 적어 내려간 뒤
다시 아름다움이 가진
사전적 의미를 찾았다.

아름다움이 가진
두 번째 진정한 의미가
보이기 시작했다.

"하는 일이나 마음씨 따위가 훌륭하고
갸륵한 데가 있다."

의심

우리는 어떤 일이 생겼을 때
일단 내가 아닌
다른 것부터 의심한다.

의심은 자연스러운 본능이다.

하지만
무엇을 의심하기 전에
타인을 의심하기 전에

의심을 하고 있는
나 자신을 먼저 의심해 보는 것이
첫 번째 일이 아닐까

눈

마음은 눈을 통해 다른 눈에게로 간다.
왜냐하면 대부분의 사람은
눈을 통해 존재를 인식하기 때문이다.

그래서 눈이란
세상 모든 마음이
연결되어 있다는 것을 간접적으로
확인하는 하나의 수단이다.

눈이 다른 어떤 눈과 마주칠 때
그 눈은 또 다른 어떤 이의 눈을 본다.
그리고 어떤 눈이
또 다른 형태의 사물을 볼 때

사물은 또 다른 어떤 것과
두 개의 눈처럼 연결되어 존재한다.
그 다른 연결된 존재는

또 다른 어떠한 것이 있기 때문에
존재를 유지한다는 것은
부정할 수 없는 사실이다.

그래서 눈으로 본다는 것은
실로 기적적인 것이다.
세상 모든 마음이
연결되어 있다는 것을
간접적으로 확인하는 일이기 때문이다.

내가 바라는 세상

나의 세상에 들어오기 전에는
몇 가지 규칙이 있다.

절대 학벌로 사람을 판단하지 않는다.

성별로 사람을 차별하지 아니하며
외모로 상대방을 판단하지 않는다.

능력의 차이를 인정하고
나이에 상관없이 서로를 존중한다.

항상 가난하고 소외된 사람들을
먼저 생각할 줄 알고

내가 남보다 더 가진 것에
부끄러워 할 줄 안다.

항상 잘못을 반성할 줄 아는
내면의 거울을 가질 줄 알고
모르는 것에 겸손해하며

내가 깨닫는 것에 감사한다.

삶의 의미는
돈이 아닌 꿈에 있으며

모든 불가능은
가능성을 담보로 둔다는 것을 안다.

또한 꿈은 서로 이해하고
도울 때 비로소 꿈으로 끝나지 않고
실현된다는 것을 누구보다
잘 알고 있다.

그렇게 나의 세상을 너의 세상으로
곧 너의 세상을 우리 모두의 세상으로 만들어 보고 싶다.

**이것이 변하지 않는
내 삶의 신조이자 신념이다.**

시간

세상 모든 것에는 시간이 필요하다.

생명이 꽃을 피우게 되기까지
여자가 한 남자를 사랑하게 되기까지
자식이 부모의 마음을 이해하기까지

한 사람이 삶의 의미를 깨닫기까지

세상 모든 깃에는 시간이 필요하다.

모든 생명에게 인생은 처음이자
단 한 번만 공평하게 주어지는
아름다운 선물이기 때문이다.

생명도 사랑도 삶도
모두 오랜 시간을 거치면서
그 의미를 알게 되기 때문이다.

성공

나답게 생각하고 행동하는 삶이
사회적 '성공'을 가져다주진
않을지 모른다.

하지만 한 가지 확실한 사실은
행복한 삶을 알려준다는 것이다.

사회적 '성공'은 사람들이 협의한
사회적 '관념'을 따라야 하지만

내 안의 '성공'은 언제나 스스로의
내면에 '마음' 하나를 따라가야
찾을 수 있기 때문이다.

약

고생은 입에 쓴 약처럼
자신을 성장시키지만

'개'고생은 입에 쓰고
몸과 정신에도 좋지 않다.

그러니 자신의 삶을
발전시키고 싶다면

고생과 '개'고생의 차이를
정확하게 판단해야 한다.

일에 대한 성찰

일이 어렵고 힘들어서
두려운 것이 아니다.

남이 시키는 일만 하게
되는 삶이 두려운 것이다.

사실 더 큰 두려움은

나 역시 그토록
경멸했던 사람들과

똑같은 모습을 하고

다른 사람에게 원하지 않는
일을 시키고 있을 내 모습이다.

완벽함

완벽한 존재는 없다.
완벽하지 않은 것에
완벽함을 바라는 것은
완벽한 오류이다.

하지만
완벽한 존재가 없다는 것은
완벽한 사실이다.

그러므로
완벽하지 않은 존재들 밖에
완벽함이 숨어 있을 가능성은
완벽한 사실이다.

외로움

봄이 와서 그런 건가?
오랜 기간 혼자여서 그런 건가?
아니면 삶이 힘들어서 그런 건가?

생각하고 또 생각해보니

아! 내가 사람이라 그런 거구나!

절망 속에 피는 꿈

씨앗은 꽃을 피울 땅이 있어야
빗줄기와 부딪히며
그 꽃을 찬란히 피워내듯

우리에게도 꿈을 피울 현실이 있어야
절망과 부딪히며
그 꿈을 찬란히 피워낼 수 있다.

창조

우주의 비밀은

.

이 점 안에 담긴 모든 것이다.
이 점 밖에 있는 모든 것이다.

진지함

진실함을 싫어하는 사람은 없다.
하지만 진실함은
언제나 진지함을 담보로 둔다.

그래서 사람들은
진지함에 경외감을 느낀다.

그것은 진지한 사람이
싫어서가 아니라

자신의 마음을
정면으로 마주보는 것이
두렵기 때문이다.

칭찬

내가 너를 칭찬하자
너는 내게 멋쩍은 듯
이를 부정한다.

네가 나를 칭찬하자
나는 네게 멋쩍은 듯
이를 부정한다.

칭찬과 부정 사이엔
언제나 긍정이란
수줍음이 숨어 있다.

구석진 자리

사람들이 구석진 자리를
선호하는 것은

모든 사람의 마음 한 구석진 자리엔
누구에게도 침해 받고 싶지 않는

'나'라는 자아가
존재하기 때문이다.

무엇

'무엇'을 이루어서
행복한 게 아니라

'무엇'이 되고 싶어
노력하는 그 순간이

행복해야 한다.

인간과 신

신은 인간에게
무지를 알게 하기 위하여
자연을 만들었고

신은 인간에게
겸손을 주기 위하여
지구보다 많은 별들을 만들었고

신은 지금 당신의 위치에서
행복한 사람이
될 수 있도록 우주를 창조했다.

뜻

당신이 꿈을 이루고자 한다면
그 뜻을 이루기 전에
사람들은 처음에는
당신을 의심할 것이다.
그 다음은 시기하고
질투할 것이다.
하지만 당신의 뜻이 진실하다면
마지막에는 결국 그 뜻을
인정하고 따르게 될 것이다.

작은 소망

'종교'는 믿지 않지만
'신'에게 의지하며

'현실'에 눈멀어도
'꿈'에 눈뜨고

'지식'보다 '지혜'를
얻을 수 있는 혜안과

'쾌락' 아닌
'진리'를 따라가는 축복과

'머리'보단 '마음'을
따르는 용기를 주소서

마음의 꽃

자기 입장에서만 생각할 때
이기심(心)이 자라나고

남의 입장에서도 생각할 때
배려심(心)이 자라난다.

어떤 마음(心)의 꽃이
더 아름다운 모습으로

사람들의 마음(心)속에
오래 오래 피어날까

세 가지 관점

우리가 어떤 문제를 만나든
전혀 다른 관점을 가진
세 사람의 이야기를 듣고
전혀 다른 관점을 가지게 하는
세 가지 경험을 하고
전혀 다른 관점으로 스스로가
세 번 이상 생각해 볼 수 있다면
문제의 해결점을
찾을 수 있을 것이다.

틀

사람은 누구나 협의에 의해
만들어 놓은 하나의 틀 안에
살아간다.

틀 안에 갇힌 인간은 마치
그 세상이 자신의 전부 같지만
그것은 큰 착각이다.

잘못된 틀 안에서는
아무리 노력해 봤자
더 좋아질 것이 없다.

그 틀 안에서
당신을 우습게 보는
바보들에게
애써 인정받으려
노력하지 말고

언젠가는 체제에서 벗어나
새로운 틀을 짜라
그리고 무엇이
가장 소중한 가치인지
당신이 직접 증명하라

뒤바뀜

언제부터 바뀌어 버린 걸까

찌질함이 불쌍함으로

솔직함이 독특함으로

진실함이 특이함으로

언제부터 바뀌어 버린 걸까

진심이 창피함으로

솔직함이 이상함으로

사랑함이 부끄러움으로

놓친 것들

삶에서 가장 안타까운 것은
바로 놓친 것들이다.

그때 그것을 놓치지 않았다면

그때 그것이 세상에 나왔다면

많은 부분이 바뀌었을 텐데

삶에서 가장 안타까운 것은
바로 놓친 것을 후회하는 것이다.

놓치는 것은 애초에 없다는 것을

모든 것은 계속해서 순환한다는 것을

그러니 이 순간을 잡아야 한다는 것을